JE SUiS Louna
et je suis une étoile du cirque

Texte : Bertrand Gauthier   Illustrations : Gérard Frischeteau

QUÉBEC AMÉRIQUE jeunesse

Catalogage avant publication de Bibliothèque et Archives nationales du Québec et Bibliothèque et Archives Canada

Gauthier, Bertrand
Je suis Louna et je suis une étoile du cirque
Pour enfants.

ISBN 978-2-7644-0622-9

I. Frischeteau, Gérard. II. Titre.
PS8563.A847J42 2008   jC843'.54   C2007-942377-9
PS9563.A847J42 2008

Conseil des Arts   Canada Council
du Canada   for the Arts

SODEC
Québec ::

Nous reconnaissons l'aide financière du gouvernement du Canada par l'entremise du Programme d'aide au développement de l'industrie de l'édition (PADIÉ) pour nos activités d'édition.

Gouvernement du Québec – Programme de crédit d'impôt pour l'édition de livres – Gestion SODEC.

Les Éditions Québec Amérique bénéficient du programme de subvention globale du Conseil des Arts du Canada. Elles tiennent également à remercier la SODEC pour son appui financier.

Québec Amérique
329, rue de la Commune Ouest, 3e étage
Montréal (Québec) H2Y 2E1
Téléphone : 514-499-3000, télécopieur : 514-499-3010

Dépôt légal : 3e trimestre 2008
Bibliothèque nationale du Québec
Bibliothèque nationale du Canada

Révision linguistique : Diane Martin
Direction artistique : Karine Raymond
Adaptation de la grille graphique : Louis Beaudoin

Imprimé à Singapour.
10 9 8 7 6 5 4 3 2 1   11 10 09 08

À Émilien, Marguerite
et Frédérique

Je suis Louna,
la petite Louna,
et j'aime bien rêver
que je suis une étoile du cirque.

Quand je suis Louna,
la saltimbanque Louna,
j'anime les boulevards
à la tête d'une fanfare.

Quand je suis Louna,
l'illusionniste Louna,
je montre la forêt
et une licorne apparaît.

Quand je suis Louna,
l'équilibriste Louna,
je me tiens d'une main
sur la tête d'un arlequin.

Quand je suis Louna,
la jongleuse Louna,
je fais mon numéro
avec cinq noix de coco.

Quand je suis Louna,
la clownesse Louna,
je coupe les bretelles
du clown Vermicelle.

Quand je suis Louna,
l'échassière Louna,
j'avance à pas de géants
au milieu des flamants.

Quand je suis Louna,
la contorsionniste Louna,
je m'enroule comme un boa
autour d'un grand mât.

Quand je suis Louna,
l'unicycliste Louna,
je nourris les oiseaux
qui se posent sur mon chapeau.

Quand je suis Louna,
l'écuyère Louna,
je prends mon élan
et saute sur un cheval blanc.

Quand je suis Louna,
l'hypnotiseuse Louna,
j'endors un gros lézard
par mon seul regard.

Quand je suis Louna,
l'acrobate Louna,
je joue de l'accordéon
debout sur un ballon.

Quand je suis Louna,
la trapéziste Louna,
je voltige dans le ciel
entre deux arcs-en-ciel.

Je serai Louna,
la grande Louna,
et j'aime bien rêver
que je serai une étoile du cirque.